# 放佚的厄言

曹白沙 著

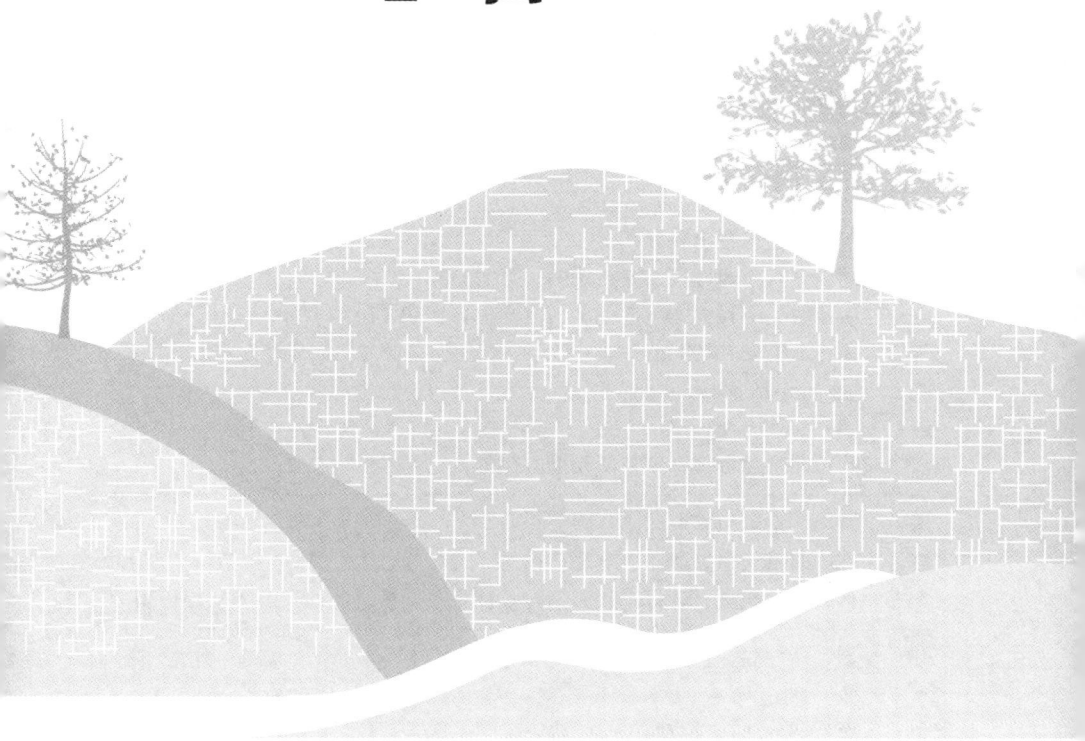

光明日报出版社

图书在版编目（CIP）数据

　　放佚的卮言 / 曹白沙著. --北京：光明日报出版
社，2023.1

　　ISBN 978-7-5194-6990-0

　　Ⅰ . ①放… Ⅱ . ①曹… Ⅲ . ①诗集－中国－当代
Ⅳ . ①I227

　　中国版本图书馆CIP数据核字（2022）第244168号

# 放佚的卮言

**FANGYI DE ZHIYAN**

| | | | |
|---|---|---|---|
| 著　　者：曹白沙 | | | |
| 责任编辑：谢　香 | | 责任校对：傅泉泽 | |
| 封面设计：李尘工作室 | | 责任印制：曹　净 | |

出版发行：光明日报出版社
地　　址：北京市西城区永安路106号，100050
电　　话：010-63169890（咨询），010-63131930（邮购）
传　　真：010-63131930
网　　址：http://book.gmw.cn
E - mail：gmrbcbs@gmw.cn
法律顾问：北京兰台律师事务所龚柳方律师

印　　刷：北京天恒嘉业印刷有限公司
装　　订：北京天恒嘉业印刷有限公司
本书如有破损、缺页、装订错误，请与本社联系调换，电话：010-63131930

开　　本：152mm×230mm
字　　数：150千字　　　　　　印　　张：21.25
版　　次：2023年1月第1版　　印　　次：2023年1月第1次印刷
书　　号：ISBN 978-7-5194-6990-0

定　　价：48.00元

# 江南（代序）

有的人漂泊了一生
什么也不靠
乾坤是他的百战场
用的是心中的船
去的是梦里的江南

有的人萍踪不定
从不为谁停留
见过海，渡过江
沧波里坐渺然
最后却为了个小小的湖泊
许下了承诺

又有的人独立耿介
从不为谁低眉
登过山峰，凌过绝顶
一心要用大地勾勒自我的形象
最后却走着走着
融进了一片明媚的岚光水色中

还有的人壮怀激荡
扒意离家远游
去见了北国的风光
却把一生的柔情
深深地埋在了心里
留在了梦里

有的人漂泊了一生
什么也不靠
用的是心中的船
去的是梦里的江南

# 目录

辑 一

草原上什么都没有

只有草的节奏

只有火和马——《草的节奏》

# 渔父

他靠水为生
水给了他嗓子
以及不着边际的词语
还有被风一样的刀子刮过的眸子
炯亮
他歌唱，醉心于碧波荡漾

他网披在身上
生活寄托在水上
节奏就随波浪起伏

他抖一抖绳子
水面上匀速传递着金色的闪光
他望一望远山重叠
把逐渐加深的暮色丢在身后
把橹声荡进了云天

# 壁僧

看他自暴自弃
把自己丢在虚寂里
哪里还有依凭

倒是面前竖立的
实实在在的墙壁
侥幸把他扶起

谁知他
竟日见其立地
与墙壁较起了真

眼下没有人
能令他回心转意
令他挪动半步

而他
却在此壁立千仞的绝境
变得柔肠百结
为自己
凭空造出了迷宫

# 落花

秋风来了
花朵一阵阵凋零：

死便埋我

不！这才是堕落的开始
你还要与轻浮的尘土厮磨一阵子

直到不分彼此

# 大海

大海的波涛
是浅的
人的心
那才叫个深

海枯了
自然就见底了
人死了
你也不知
他的心

# 草的节奏

草原上什么都没有
只有草
草养肥了马
马走了
草养肥了火
火熄灭了

草原上什么都没有
只有草
草肥了
马绿了
草枯了
火黄了

草原上什么都没有
只有草的节奏
只有火和马

# 山与人

一个人
坐在山中
怎么——
山就空了

一个人
对着看山
怎么——
山就满了

一个人
日夜面山
怎么——
山就小了

一个人
孤身进山
怎么——
山就合了

# 画壁

## ——读蒲松龄《画壁》

这个世界一直在向我们敞开
在以我们所能有的速度
向我们从容敞开

你尽可探入
无须被允诺
你尽可探入事物不可见的隐秘之处

而若一旦成为画中人
你即被锁进事物的平面
彻底暴露于你的藏身之所

你也不再具有速度
整个世界在你身后悄悄闭合

将你抛弃

此刻你孤零零
面对周围变了模样的一切
满腹狐疑

# 琴僧

## ——读李白《听蜀僧濬弹琴》

他住在云深处
形骸丢在云外

他静默
以他的点
扩大内心
他坐听山空
此外别无所念

他截一匹云霞
阴晴具备
他截一段流水
四时宛然

他挥挥手
云去鸿归
万壑松涛

他抱琴下山
留风雨于脑后
留余响于万籁

# 山坡上的树

山坡上
一棵树忽然就松开了关节
一棵树垮了
风吹不动它

山坡上
一棵树忽然就放开了瞳孔
一棵树散了
夕阳奄拉在身后

山坡上
一棵树忽然就往下一沉
像我们的心忽然往下一沉
一棵树矮了
我们的心也矮了

# 南山

它活着
兔起鹘落
是它的内循环

它表现
四时不同

它问天
云无心以出岫

它叹一声
落叶满空山

它呼吸
鸟成群
山气以日夕为佳

# 宿鸟

不只是飞翔
可以穷尽
自由的本能
它与天空还存在另一个关系

每当暮色苍茫
它敛翼枝头
止息在一片静谧之中

没有干扰
也没有阻挡
只有无穷无际的风
把它的皮毛越吹越紧

它感到风正一遍遍退至身后……
经验和记忆被一再唤醒
不断有新的体验呈出

而它迎上去
进入了无边的遐想的世界

# 麦子

麦子熟了
田野里
麦芒刺进了太阳的沉默

麦子把夏天刺得生疼

夕阳下
你的怀里的麦子
紧紧地挤在一起
麦芒也刺进了你的沉默

麦子熟了
麦子已熟透
到了你拿起镰刀的时候

去　割开夏天
放自己进去
去　割开自己
放夏天出来

# 天花

零落无处不在
花朵是有的
一室之内
你的听闻真真切切

众灵倾耳
纷纷坠
念头起处
一时多少幻灭
只有香如故

去想象雪
单一个乱意已足
空中无住心

凡物才拂了一身还满
当时你在场
只有你应验了
人也可无穷地落进

# 黄叶村

我有一个村子
属于我自己的村子

我的村子有时小得可怜
只有一片叶子般大小
有时又很辽阔

秋风声渐紧
我的村子越具规模
越成气候

秋风声渐紧
我的村子日益散漫
不可束缚

秋风声渐紧
这是潦倒不堪的村子
这是不着边际的村子

这是我的村子
秋风镇上唯一的一个村子

# 辑　二

梦一般的暗谷里

汩汩送出

清凉的绿波——《春梦》

# 山鬼

山冈萧索
吹来了风
风把自己吹作衣袂
水缓缓跟进

各处渐次饱满
有火悄悄闪现
仿佛仅自一照
随即熄灭无余

却在熄灭之点
袅袅烟生之处
立出一个孤零零的形象

命运短促
未及哀怨
旋又望风而散

# 孤灯

孤灯独对
你和谁亲

可对着灯
时间久了
会入神的

你不见
灯也有深度

孜孜者不倦
以煎熬取乐
垂泪是表象

而皎洁的光
宁静的夜
和入神的你
都只是
它的外围

看起来
还挺祥和的

## 秋深

秋天深了
叶子落下
举目无边

空中，一只手
巨大、坚定、从容
时显时隐
在万千飘叶之中

在万千飘叶之中
一片大叶脱颖而出
与它匹配
受它吸引
向它深处盘旋
向秋的深处盘旋

这时，秋深了

# 秋雨

绵绵的秋雨
绵绵的力
把什么
都消磨得迟钝了

那因失了水分
而变得更脆、
更敏感的神经
松弛下来

寒气日甚
内陷的速度在减缓
但没有
最后的坚实

仍然干渴
欲望全无

每一个部位都在腐烂
在使用越来越弱的听力
直到耳朵里
都灌满了枯枝败叶

# 雨

听：无边的雨
在滴落
没有止境
听：节奏向深处渐进

听进去
最后的时刻
事物张开了
开始自我的遗忘……

那在一切之上
生出的耳的轮廓
巨大、模糊、坚韧
在转动

哦，听域在试验、扩展
总有新的空间呈现

# 春困

首先是冰消雪融
表面的形式
解除了
每个事物都从最初的孤立上
开始了自己

整体尚未形成意念
当务之急是探索未知的领域
而后麻木、壁垒
一切门户之见
将得到宽容与消除

第一缕春风将贯通首尾
枝芽获得了根深蒂固的抽力

此时，你并非没有知觉
你只是觉得
它还僵死在千丝万缕的纤维中
觉得困倦、乏力
需要下一个饱满的睡眠

而苏醒将一次次地遍及全身

# 春梦

肉体苏醒了
四处延伸的幻想的天空
没有边界

此时，谁不想彻底地放纵自己
作一次穷奢极欲的驰骋
此时，谁还缺乏愿望和寄托
谁不把自己寄托在想象里

欲望的气息交织、混合
形成能量巨大的场
如梦、如网
如……

从上空降下的丰沛的雨云
落在万物焦热的头顶上

梦一般的暗谷里
汩汩送出清凉的绿波

# 春愁

生长的点紧扣住我们
空间无限遥远……

而边界又分明在彼
一次次把我们阻碍

生之力反躬自伤
辗转之夜
滴水可至汪洋

浩叹兴于无边

身外之物各有表现不同
暗地里却都指向我

# 放火的少年

漫漫的夜里
曾经
有一个少年
独自向着旷野眺望

后来
不知何故
这少年放起了火

再后来
火熄灭了
放火的少年死了

又后来
漫漫的长夜
火在灯里
少年在窗里
一个关于少年与火的传说
流传在风里

# 远火

远远地
那儿
有一场火
燃烧着
有人在火里进进出出
没有危险
无关痛痒

隔着山
树林是黑的
隔着岸
水流是凉的
隔着霜
人眼是清的
隔着风
景象是安静的

远远地
那儿

有一场火
燃烧着
有人在火里进进出出
没有危险
无关痛痒

# 灯

—

静静的
活跃着
没有负担

着迷了
我是我自己的源

尽管微弱
却无忧而从容
似乎永远都在重新开始

自煎者
何须急
我的深趣味
炙愈出

对你

也就一盏灯的工夫
品尝一盏灯的
心酸往事

二

端然自持
何欲何求
往事不可追
我的神态
没有怨
也不厌

束缚之深
就以煎熬化解
我的光明路
曲如许

不计方圆几何
一射之内

我以直道示人

你所看到的
是我的孤洁志
而我的内缠绵
始终在

# 小溪

一

聊看瀑布挂前川
下人间，我走得宛转

与其壮人声色
弗如自抒小调

独辟蹊径
我宁作我

风情万种
柔肠百转
我是为了美才迂回一下的

一草一木都与我有染
那又怎么了

啥也别说

你要谈心
那就随我走上一遭

二

在岩石上跌打滚爬
路总是有的

不就下山嘛
归去来
我多走弯路行么

瀑布高调
潭水隐忍
而我意在田园

还真不信斜
千回百转
都是奔头
世上总有可歇脚的地方

三

云深不知何处
一条小溪
如辘轳
潺潺而出

遥想山中大音声
逆着我找源头
你会迷失的

山不会转
但可以盘活
我有的是回旋的余地

不管去向如何
总是世道不平
而我带去的
仍是人间的消息

## 山居

城市缺了一角
云行水转的
那的速度明显快了些
风光日日渗漏

西北有高楼
放眼处
都是美的洞见

天不圆
地不方
刚刚连亘起来的山势
如墙头高高低低
破损处
补以青峰、飞鸟和夕阳

# 听松

风陷入阵中
方向迷失了
陷落处
起伏着人海

松以静制动
扎好口袋
把风纵养着

疾水漂石
困兽之斗
声调激越

阵之歌一呼而全体皆应
松涛在传递、扩大、铺展
耳中鼓逆浪而进
耳中海无边

风已盘踞在上面

如船蓄着一节节波浪

松的疆域
尾大不掉

# 辑　三

越往上就越孤清

人间是堕落之余

幸福在于眺望——《雪余》

# 雪言

天下沉浊

谁与庄语

我的雪文字

诡异激切

唯天可以指正

放佚的卮言纷飞曼衍

可以观

可以穷吾年

零落如追忆

无端崖

不知从何说起

只知到尽头

一地的雪不治

如往事谬悠

唯天心可鉴

# 雪寄

时空是无限的
我只取一段来逆旅

人生若寄
谁又留住过谁
片片起
是我心的绽放

一霎时
胜事了
过去了就过去了
不可挽回

浮艳如美梦
我的醒痛遍布在大地上
我的一点固执的虚荣
山高路远

# 雪余

雪之堕
毁为美
纷纷下

积骸千里无声

远望终南挂余雪
高贵在不可触及

泥泞之途
呼吸粗重
雪
泥
爪
层次分明

越往上就越孤清
人间是堕落之余

幸福在于眺望

# 雪王

月黑风高夜
国人莫我知
我的投奔路是贼亮的
大雪满我刀弓

一出此门
就别哀什么郢

天地阔

落就落了
与其剖白于世
弗如独占山头

一条莽道直上青天

君不见
我的山大王气
可与日月争辉

# 雪解

踏天磨刀割重云
风刃之下
大雪飞卷
体解的过程很壮观

以片羽之躯平天下
岂自好者可比

世有万死
都不及我之纷纷

一条大道通青天
宁伏清白以死直

魂归之地高寒
看皑皑一点山头雪
吾质其犹未亏

生有澄清之志

死则清光浩然

纷吾有此内美

# 雪贞

伏下清白
从风飘零
是我的水性

以形遇
人尽可

我的浪荡就是要把这天生的艳质都败飞散
成一片赤诚的风光
不牵挂

贪不尽的一夜欢
横陈了玉体
就丰满了人间

须晴日
看云破处
一条溪涧淙淙
玉峰高耸

# 雪理

逐物纷纷
岂可亵玩
风靡之下
世上多少颙望
荷此平均

说什么清高虚静
凡把捉不住的皆是人欲
大观如乱雪
霎时好看

天地之间
方寸之内
人与我
都要弄一段精神

待雪止
见一地迷醉
又天理昭昭

# 雪恨

白羽之白
质以轻
白日之白
空以贞
都不敌我晚来风刀急

卷飞的片身多少痛快的美感
以此数落平生
算人间平均了就好
我有什么好藏的

雪止则死
朴散为器
莫恨此身非吾有
恨风光
都藏了泪
君也不识

# 雪惘

不管流落了
多少婉转
我的素心不易

白茫茫
都是无名的
个中滋味
没得说

我的惘然
昭昭在
路人皆知

你们的践踏
注定落不到实处

你们的践踏
只可满足我
一时的快意

# 雪痛

堕肢体
玉可欲
挫纷纷

痛解的过程
失身的快意
人间的清白
我都撂这了

君见我的欲已剐罢玉龙三百万

凭你去
各领风光

# 雪证

人有心境
雪可证

体物之深
全在乎三尺精神

看高天向我崩颓
激昂多少文字

真在内者
神动于外

我欲囊括大块
就舍得一身剐

登高为散愁
天地之间
一点灵气
收放心而已

# 雪雅

当我倦怠了我的高远
我的美就开始了

当一切还在阴影中
忏悔就是苍白的
堕落该用心

没有侮蔑
也没有怨恨
迸涌的狂热
会逐渐在美中宁静

我觉得这是美的
当统治的力变得优雅
并降低至可以视见的时候

这时你的观赏才会实现
你的渴求也终将得以抚平

# 雪服

三尺白绫
长空罢舞

雪光映出本性
以雪为镜
可以清人心

皎皎者易污何足道
近雪者常自伤皎洁

六出之妍之于雪之美不过表面现象
三尺之内
有大义存焉

容好结中肠

嗟困忧时

恐美人迟暮

浩荡之怨直指灵修

退

吾将复修吾雪服

# 辑　　四

# 雪退

晴空失素尘
人间有遗爱
我的退隐之地
更在斜阳外

江山依旧
唯我消融
于一片岚光山色

躲尽危机
消残壮志
我的退路
总是一山更比一山高

吾何恨
有朗朗乾坤
一缕清气长在

# 雪死

天高迥
此生休
问卜是不必了

百无聊赖
我见证我的沧海桑田

不自意
我的生平
也可心碎如此

又岂料
死后性空灵

我能有什么好牵挂的
一切都是表象

若泉下有知
君当见我
含笑于山光水色中

# 雪繁

岁暮时穷
人总有不悦的时候
更那堪
寒风渐积
群山如案
一片愁云展

天与我共繁乱

抽我秘思
骋我妍辞
咳吐随风弃
何惜

书散浑真草
雪散闹天空

神游八极

不疾而速

天地人

乐莫乐兮心相知

# 雪歌

天地有间
薄雪如刀片
害然之解
纷纷无算

我的形影神总是太缭乱了

无非是
支离破碎
目无全牛

相期邈云汉
都在霎时间

我是有节奏的
投足之间
歌分八阕
曰：
古今上下四方

# 雪恃

心比天高
总是尘缘未尽
繁思随风散
算如今
余此身

落不尽的平生意
是我的一段动感愁
三尺之深
人情之薄
尽在其中

恃此风流
自然放荡
表白的过程
何须多言

人污我以色
我还人以天

# 雪朽

大雪压我境
天地一茅庐
倚着窗儿
独自怎生得黑

四壁光辉
这次第
批书案将朽

关于朽的过程
你不说
我不问
天知地知

渐进之境不可止
散漫无边际

你看这零落的雪文字
分明镜精神

# 雪戒

倾离之下
纷纷已
算而今
患莫大于有身

细数风流
指点江山
壮图都要终于哀志

昔我回天倒日
今我振不了形骸之内

一身化了万亿
没奈何
人都有难堪的时候

说什么高明之质
终免不了卑浊之累
凡欲以身为天下者
都当以我为戒

待归尽

# 雪玩

赏心乐事
寂寞瑶天
与雪对玩

屑纷纷
如切如磋的玩意
玉汝于成

一日之寒
不觉良以深

霎时云日来相媚
江山也共此余事

我舞影零乱
无情的交欢只一时

但想云汉外
仍神理绵绵

# 雪真

宁堕落、践踏
委风填沟壑
不洁来洁去
也不琼楼玉宇的
装正经

天上有什么好
我生来散漫惯了
不喜拘束

别光怪我陆离
错看了风光
断章取义

在此之前
我也有用志不纷的时候
在此之后
我有大美而不言

# 雪性

真性流行
不涉安排
我的天机常活
自挥霍

不偏倚
但处处平铺了
方是真规矩

一旦落实
方圆之迹
镇物的心
便有风光亦矫情

看此时
与从前的周流之旨
已不知隔了
几重公案

# 雪掩

雪的泪
君知否

坠落
是掩泣的剩余
无尽的缠绵
太着迹

是我掩饰得过了

风光算什么
事后的巧妙
纵美也狼藉

当碧空如洗时
我已背过面去

只待你
来识破

# 雪魄

昊天茫茫
魂兮不归
形解的胜事已毕
终于观止

沉寂之下
致远是没用的余韵
无奈至极

不风流
我就宁为玉碎
覆盖瓦全

自由的心不死
君见天尽头
有祥云一朵
魄兆只可以验白

# 雪狂

欲语不释

郁郁乎

我倚天抽思


风动我容

堕姿自媚

纷舞飞扬

不理不辩

我敖朕辞


休管他人瓦上心

不与汝心同

众果以我为患

我就有数不尽的三尺成算


黄昏无期

此夜方长

正好自察

乱曰

碎影狂顾

聊以自娱兮

# 辑　五

疼痛算什么

你的身心

与我共皎洁——《蛮火》

# 雨马

寒雨四溅纷飞
穿林之声警策

窗前敲瘦骨
可抒铿锵之慨
独乐乐
我志在骋千里

山溪猥至之夜
一豆孤灯
惯于隐忍
体内积蓄着奔跑的节奏

神游是有进程的
世界向我打开
以一匹马的速度

# 冷雨
## ——读李商隐《春雨》

被持续住了
雨一样的
无边、散漫
匀速得
令人绝望

失落、孤立、狂野
一次次冲入更辽远的迷梦般的网中
一次次失去速度
被彻底遗忘、虚化
重回起点

而你兀自在此
依旧红楼隔望
内忍幽怨之啼

在所能有的
无声的、被雨分割的空间里
感受愈益明朗的冷

# 夜王

白日拘拘
如水落石出
清醒者
棱角分明
边界清晰

而夜汪洋
夜的解放
令人遐想

夜相忘
夜的江湖
离心离德
夜的推力绵远

夜来了
夜把我推远
夜因此
更好地把我容纳

夜来了
夜把我涌起
夜因此
更好地把我降临

夜的王我之心
唯月可表

# 天风

脱离了羁绊

就失去阻挡

我在我之下


升上去

冲出自己

尔后还会返回

并以全部积聚的能量

涌向自己：


仍旧没有动向

如入难忍之境

仿佛从内部传出遥远的轰鸣

中心坍塌了

整个空间振作起来


而无处不在的风

将把它吹得越来越硬朗

越来越充实、高大

# 夜行船

一艘夜行船黑黝黝从你身旁驶过
你感到了它轻快、平稳的速度
以及在你身上激起的波浪圈

一艘夜行船荡悠悠从你耳边驶过
你感到一阵儿风过后
由茫茫之夜虚拟、传递的水声
涛涛推进，渐远渐弱

一艘夜行船静悄悄从你脑海中驶过
你感到了它的全部重量
以及它一往直前的破浪之力
由此确信这是一艘实实在在的船

# 蛮火

炎上做苦
我的蛮劲如此
没奈何

人生如寄
汩余若将不及
无情有恨
何人见
我自作苦而已

既已深入骨髓
疼痛算什么
你的身心
与我共皎洁
终不倦

当此之时
西窗话旧
犹记得

你曾蛮横地

在沙头

敲石火

# 烛火

是的，我喜欢它
我喜欢
这在我的面前
静静燃烧着的烛火

我喜欢它宁静的样子
喜欢它神情宛然
微弱而坚定

我喜欢它内敛的深度
喜欢它温顺的外表
与狂野的内心

我喜欢它这么默默中
消耗着自己
同时也证明着自己
既卑微又高贵

我喜欢它在发出皎洁的光芒的同时
也在陶醉般地吱吱欢叫着

我喜欢它
似乎永远都在蓄势待发
永远不失燎原之志

我喜欢它的神秘
与它的无知无识
它的终将灰灭
与它的时刻重生

喜欢它的不偏不倚
它的优雅的分寸感
它的通体透明
与它的矛盾重重

是的，我喜欢它
我喜欢
这在我的面前
静静燃烧着的烛火

# 冰解

春天，是奔向不同方向的五匹马
五匹马踏过冰河，蹄声隆隆

冰解了，残骸如陆地漂移

春天，是奔向不同方向的五头牛
五头牛耕过冰河，哞声如雷

严冬死了，野外刮起了大风
有人赶在冰解之初
去城里，把春天简约为三章

# 月满

月满了
天上一轮
不挂
不捧
不托
全然丢开了空间

一面静气四溢的镜子
饱满的力
还在增持，更新，变化

轮子在转
光在消融
源源之力
无声无息

往下
是一片迷离和虚空
万物都张开了


注焉而不觉

# 月迷

月光令我心醉
空里流霜
不觉觥筹交错

长袖无形
舞空助兴
沙地上满是看不见的纸醉金迷

清辉令我骨立
月泻、形销如冰融
影子源源而落

百尺楼台
越往下总越淡

我是实在的
月影两茫茫

# 月有

月映万川
我不是玩虚的
拥有
是一种境界

心如止水
澄明如镜
万物皆可备于我

有目共睹
我的谦卑
总是落在实处

世多纷争
每况愈下
没什么好拂拭的
道在屎溺

但你不必疑心
我依旧是
皎皎空中孤月轮

# 画松

孤根无倚
哦，纯粹的空间

岂容片刻犹疑
看它茎干源源抽上去
直至云绕苍翠
气撑鸿蒙

背后还有风力、光照和雨水
把它往前推拥

而它益加挺拔、翠绿
充满生机

从画中最邈远之处
整个儿如此逼真地
挺立出来

# 玩火者

他是个抓住火的人
手里握着火的节奏
手里火一节节地抛离、熄灭
如此源源无尽

火在他手里
屏声静气
火在他手里
扎出根须
深入骨髓

他何止是抓住了火
他在抓住火的同时
也被光芒无穷地击中了

这时，从他整个身体的深处
发出一阵震颤：

而火便在他的手里
极力地摇曳起来

# 偶遇

想不到，许多年后
我们久别重逢
还能孩子似的一起回忆：

在家乡的潭中
那条落入罗网的气力无穷的大鱼

那时，我们还很小
我们一起兴奋而惊恐地看着它
摆动巨尾，决网而去……

# 辑　六

美的形式是一定存在的

尽管还深深地埋在心里——《枯桐》

# 中年

中年是个急性子
它要喝水便喝水
要睡便睡
它等不得任何拖沓的人和事
它也等不了你
和你对生活的向往

因为你的不负责任的拖沓
它现在就要过起你要的生活
它就这么过了起来

# 平衡

当身体很重时
身外之物就会变得非常轻盈
并且与你保持足够距离

而当身外之物很重时
身体则会尽量变轻
轻到几乎令你感觉不到

# 未来

既然死亡
人人有份
而且众所同归
那就不要畏惧
也不要故意不当回事
不要抗拒
但也不要顺从

既然死亡
每天都在
其实平平常常
那就多想想
想一想没事的
想一想
又不会死人
天也不会塌下来

想一想死亡
其实还有回报的

因为死亡
是人人的未来
但凡想未来者
未来就会把光明
回照给他

# 木柴的箴言

做人要干脆
优柔者易生霉味

不如像我这样——
在烈日下
暴晒个七日

从此干干脆脆
浑身轻轻松松
但愿燃烧一回

# 雪的墓志铭

这是一片真实存在过的雪
一片漫天飞舞过、堕落过的雪
一片真诚地寻过自己的雪

在它活着的时候
谁也不曾真正抓住过它

# 游泳

## ——答一位朋友关于婚姻的话题

在生活的大海里
人人都是游泳者

完全地依赖另一个人
是不现实的
更是危险的

最好是保持好距离
各自放开手脚
又相互关切
必要时还能拉上一把
如此一起游向前去

# 初春

不要说春天来了
就没有凋零
突然而起的一场风雨
照样把树叶
摧残得满地都是

不要说盛世来了
就没有丧乱
突然而起的一场变故
照样把人们
颠覆得妻离子散

# 二猴子

长生不老是人类永恒的追求
谁还不想弄个不死药尝尝

这不，就连我们村的二猴子
在听说医学上又发明了新药
标志着人类又向真的不死迈进一步
他就不由得为人类而骄傲

当然更为他自己——
有一天也能够用上而兴奋

# 村狗

村里的狗
多自在

月光下
在河边饮水
互相舔着皮毛

月光下
沿着小巷
叫叫嚷嚷
撒腿跑

这样的狗
多自在

这样的狗
不劳人牵着
也一样认路

这样的狗
有的是伴儿
常会串门儿

这样的狗
跟人一样
困了
就回自己的窝

# 两个人

两个人多奇妙
甚至随便的两个人
就能合成所谓的生活

他们合作完成
却又对自己的杰作茫然无措

他们不着边际
却又处处碰壁
他们扭在一起
却又寻找自己
以此形成他们对生活的概念
两个人多奇妙

# 轻蔑

那儿坐着一个志得意满的人
他满满地坐在生活当中
不留一点的空隙

因为他，生活已经腐烂
发出难闻的气味
但他丝毫觉察不出
他深陷其中，以为理所当然

出于尊重、畏惧或厌恶
没有人肯上前告诉他：

其实只需要一点点自我轻蔑
他立刻就能化腐朽为神奇

# 冒犯

不知道为什么
世界总是充满了冒犯
各种各样的冒犯

青草冒犯大地
水冒犯石头
萤火冒犯黑夜

沉默冒犯喧哗
孤独冒犯狂欢
理性冒犯尊严

我的眼泪
总冒犯我的笑脸
我的笑脸
冒犯我的心
而我总是

一再地冒犯生活

不知道为什么
世界总是充满了冒犯
各种各样的冒犯

# 愉快的赌博

在生活的混沌里
我赌你就是
那最耀眼的光芒
因为我发现你对我发光——
发出不息的光芒
并且与我交相辉映

我赌你才华盖世
终将冉冉升起
照耀在时代黑暗的上空

假如我赌错了
事实并不是这样
那也没什么大不了
因为本来就要坠入永恒的黑暗
那就一起坠入

# 荒地

我有一片土地，那是我的父亲留下给我的
可是，自从父亲走后，它就一直荒着
我就这么一直把它荒着

如今我一想起它就心疼
心就说不出地疼
我觉得一片土地不能就这么荒着
我觉得这么人为地荒着土地是一种罪

如今我一想起就惭愧
我把许多时光用得不明不白
我把汗水洒得毫无结果

我一想起这些
就想起了那片养育我的土地
我一想起那片土地仍然荒着就心疼
我一想起它就这么天荒地老地荒着
就痛悔不已

# 自饮

不要觉得活着难堪
也不要想着离开此地

你在哪里
你在不在这里
这不重要

真的，活着就是
无论在哪里
你都是这样子
就像一棵树的样子

这样，也许时间长了
这里——这个无名的高地
会成长为你的样子

也许不会
但这并不会影响你
你仍旧是你应有的样子

# 辑　七

看绿叶成荫

低垂下来的现实的浓淡

标示在春的进程上——《春深》

# 鹏

大海宁静得像一个梦
蔚蓝蔚蓝，在四周
且一无所碍地伸向远方

而又高又陡的壁岩
兀然披下巨大的黑影
其上正耸立着一个大意志

它凝神远望
融入一片苍茫
有一刻，它若有所思地倾过头来
仿佛试图悄悄撇开自己
心中无限怅惘

# 老马

它已老迈，不再驰骋
眼看一天天消瘦下去
可是骨头尚未散落
仍被有力地握在手里

看：它的眼
有时炯炯有神
并且贯注了全身

有时把一切景象摄起、放下
仿佛食之无味

有时却又从内部深处开始
变得无比空旷
并且显示了光度
上面还有鞭影轻快闪没：
仿佛疾云掠过辽阔的草原

哦，那儿卧着一匹马

# 龙

你的存在无可置疑
尽管人们至今还在涂抹你的形象
将你遮蔽

难以理解你曾被束缚
又谁曾真正见识过你
即便是我们的想象
也无从加以限定

但在我们内心
往往于静极之处
任你一动而没

浩瀚的天空亦宁静至极
那从最高渺的深蓝之处
有威武的形象悄然显现

恍若云气之聚散：

甲光向日，金鳞一闪
即已遁入无穷的浩渺的天

# 雪虫

春天的雪
又快又轻
像是带翅膀的

像飞的蜂
像舞的蝶
像闹的蚁
满天地飞着，舞着，闹着

像乱撞的蛾扑着火——
哪有什么火
它自己就是火
扑着扑着
就灭了

只一会儿
天空里
蜂也去了
蝶也飞了

蚁也散了

地面上
细细的
浅浅的
叠叠的
铺了一层的雪虫子

而在它的底下
则是那真正的虫子
正抱眠在
百草的根部

# 山鬼

## ——读龚自珍《壬癸之际胎观》

风雨，涕泣，歌笑
郁郁我无以名
说什么生死离合形神聚散
不过久暂耳

短暂的万物不懂自美
而我把自己抑郁成了女色
聊以妒正性命

萧萧山冈
含睇宜笑
今夜我的窈窕很浓
正可用来冲淡心刑

只不够你爱慕的

# 阅

今夕何夕
江上一轮人共悦
月阅人

阴晴圆缺
往来古今
阅过无痕

川阅水
水阅世
世已新

阅是不对等的

比如
你阅月
很短
月阅你
很长

# 昏灯

这么昏的灯
像是给良夜蒙上了一层纱

刚好浮现的美
有一种窒息感
只是暧昧了些

感觉你的脸好温
只要一点浅笑就够荡漾了
从四面拢来的热
如春云

还有什么可阐释的
现在就是最好的呈现

我能剩下什么
唯余一两焰
刚好够你解下罗衣

# 草

往事灰飞
又见燎原

大风起
我的寸草心
壮怀激荡

故国神游
望不尽的澄清志
如草疯长
早不知
埋没了
多少血碧

年年岁岁
生生死死
野火春风
斗尽枯荣

# 春僧

禅房深深深几许
花木是无声的
有暗香袭人

我不动谁动
出入皆不定
又谁知

我与世界的扭斗
没有终始
但充满了我的和解的意图

摒弃恼人的爱欲
这是一个隐秘而难解的进程
一时春光乍泄
燕泥污了我的袈裟

此刻，我空荡荡的
草地上
花落不知多少陈迹

# 妓女

她穿戴整齐
出门儿

她住的地方偏僻
一条又暗又窄的巷子
长长的

她低头瞅着地面走
走到了尽头

"哎哟，这么亮了"
她一眯耀眼的世界
脱声口

她可没有停走
脚后跟往地面一抹
就像一尾鱼儿
溜地一下
汇入了人流

# 春深

驰想的空间变窄了
只因心思日趋缜密

斗艳之余
一地狼藉
繁华恍如烟云散

越内敛
就越逼近实在

看绿叶成荫
低垂下来的现实的浓淡
标示在春的进程上

# 严冬

风失去了滋养
浑厚的事功荡然无存

树叶落尽
河流被冻住
万物隐于坚硬的核中
美的形式消失了

只有死去了的灰烬懂得火的节奏
在寒冬不断走近的刻度上
相应地
把火种埋向更深处

# 废墟

何止是沉默
内部在坍塌
越来越质实

而今质实了：
没有形式
岂不是更牢固

看那旷野
面对天空
把它隆重地举起来

而它不能无动于衷
由是开始了自我收敛的过程

这时黄昏静悄悄地俯下来
把虚烟越捻越高
越细⋯⋯

到了最后的苍茫时刻
鸟群还散落在上面
已坚如碎石

# 种子

一颗种子
掉在哪
就在哪
生根发芽

要么就
永远
不发芽

它不像人
那样
好报怨

报怨
一个叫命运的东西

# 辑　八

看那急雨落处

一队队精神抖擞的野马

轻松地跃下山岭——《春潮》

# 沙骨

一

有多少个沙子
就有多少白骨

二

那人垒骨成塔
静听沙漏之声

三

那人形销骨立
在月光下吐了一地的沙子

四

沙子还在流动
还在寻找稳定的形式

五

我们的鞋里有沙
我们的血管里有更细的沙子

六

我们的眼里噙满泪水
嘴里含满风沙
这是我们所以沉默的缘由

七

一根白骨被沙蛀空
这剩下的形式由流沙组成

# 出塞

我跋山涉水，穷尽山水的格局
曲折之内，钩心斗角
曲折之外，方是局外人

出塞。风光一片豁然
我壮观我行色

风沙布阵，变化无方
利于纵敌深入
出塞。琵琶是我唯一的遮面妆

弹拨它，可穿百战之甲

我的缠绵路途遥远
我的幽啼分十面埋伏
风沙卷处，都是铿锵的金戈铁马

插一炉孤烟，遥看平沙雁起落
如杯中绿蚁沉浮
出塞。琵琶是我唯一的斋居

# 春潮

昨天还看似强大到
毫无破绽的无边的坚冰
一夜间崩溃了
江水翻滚起来
推涌着
甩开了胳膊

横于内心的铁锁链
被潮水涌上浪尖
翻出震耳的欢声

天空压下了高度
箭雨如蝗
紧紧追逐昂扬的潮头

看那急雨落处
一队队精神抖擞的野马
轻松地跃下山岭

# 火

你活着
显示了另一个存在
哦，孤独的王
根植于黑夜的永恒沉默

你是天然与事物结缘
还是本知如何加以把握

你在事物之上稍作停驻
被你抓住的却全力以赴

哦，你也紧紧抓住过我
并且引我往内视：

如今可见一片澄明

而这时，你有多温顺：
寂悄悄，是一团静火

# 石

溪水学会了流淌
以你的方式

如今是越来越默契

早已不像岩滴那样
固执于表面的深度

你把水托得很浅
把云朵托在掌上

而水比你更沉默
在与天空一起下潜时

抓进了你的深处

# 镜子

是什么秘密
使它对事物
只纳而不取

面对它
我们毫发未损
而我们的存在
因此具有了深度

谁不曾在其中停留
不曾受过它的浸染

在那最深的地方
至今仍无人可以到达
那里，事物还在形成中

只在可见的表面
才呈现一片祥和

# 影

你何尝有所依凭
事物亦未将你束缚
而是把你默然领受
彼此印证了存在

看你多么清晰
难以磨灭
在事物的表面：
可有谁比你更谦卑

若光线暗下去 暗下去……
你便悄然隐入深处
开始了属于自己的生存

又不时被现实打断
被摇摇晃晃地唤出
如此无奈，仍保持沉默：
暴露在耀眼的光亮之处

# 脸孔

一张脸孔被关在雨外
眼睛里涨满渴望

一张脸孔躲在雨的背后
冷漠如霜

又一张脸孔
因盛满雨水
而奄奄一息

一张脸孔拒绝雨水
独自别在一边
日益枯涸

还有一张脸孔
自始至终停在雨里
被淋得面目全非

# 早春

谁还比你更精妙
更近于变化之"几"

如今河流仍旧喑哑无声
道路被缚住
大地还动弹不得

而你不露声色
缓慢而从容
潜进于事物的内部

有一刻，你突然停下
困于万物麻木而坚固的壁垒

想不到你在巨大的灰烬里
正孕育着熊熊大火

通过死去的事物
不断膨胀的极限
将自己尽情展现

# 旷野

这里野旷天低一望无际
遐想的马行地无疆

这里日照充沛泥土翻腾
德之所载生生不息

这里秋风遍吹落木萧萧
薄薄暮霭扮弄野姿

这里物归其藏静中求安
一夜雷雨之动满盈

# 面目

他没有面目
是他见过的、认识了的事物
改变了他
给他粗枝大叶
给了他轮廓和线条

是众多事物形成合力
才使他变得具体可感
得以面对完整的世界

他也仿佛是第一次见识自己
第一次来到人世
第一次睁开眼
打量、
寻觅着
这稍纵即逝的一切

# 子夜

是日已丧
子夜
即诸子之夜

孤吟之曲
合为天籁

一个人的内热
靠行散

通往世界的路子
谁比谁偏僻

江湖无经纬
相忘
只是热闹的开始

# 返乡

不要觉得这很突然
我决定就在今夜返乡
为了迎接这一天
我足足准备了一辈子

所以不要觉得突然
尽管我看到
当我出现在你的面前时
你的惊愕写在脸上
但还是不要觉得突然
因为我为了迎接这一天
足足准备了一辈子

我从冰雪之地返乡
我的须发皆白
当你见到我时
我的冰骨逼人
双手尚握着整个北方
我看到你的惊愕写在脸上

这是理所当然的
但还是不要觉得突然
因为我早就痛下过决心
要在这风雪之夜
独自返乡

就这样，我这个返乡的不速之客
在深夜
裹一身狂雪
闯进了
你的炉火通明、
充满遐想的小屋

# 梦蝶

时已暮，花叶纷坠之中
你是唯一还没被风把握住的

宁静的气质充满神秘
因为你的翩跹，遍地的落红
仿佛一起有了微弱的喘息

从来没有过汗水
分明已精疲力竭

于是睡去
把迷梦一样的色彩覆在身上
并从内部悄悄更换了角色

# 辑　九

而它们都似乎有所领悟
一个个对着你来的方向
虚己以待——《风》

# 大圣

每天都要经历一次大海的诞生
和诞生前的七十二般变化

一盏灯是测定深浅的柱子
只有潜入海底的人
才看见霞光艳艳，瑞气腾腾

当海水消退，它是唯一留下的火种
经过漫长的耳道，存在了脑海深处

星星之火若能燎原
一定欲与天公试比高

笔意纵横是筋斗云
一顿饭没熟的工夫游遍了四海之外

鸡鸣晨巅是一天疼一次的紧箍咒

若不是事先穿了一身披挂
凭什么与朝阳一起浮出水面

# 天鸡

你从何处立足
想必夜色缥缈
被你捕捉到了
万变集于一点
的最后的隘口

黑夜打此逃逸
而你一夫当关
把眼朝外打开

沉默愈渐积累
瞳孔向内收缩
最精微的元素
被过滤与吸纳

看它呆若木鸡
看它目不转睛
牢牢地盯住了

最元初的时刻
这时万籁俱寂
一唱而天下白

# 春雷

天空越来越低
遥远的天边混茫莫辨

那最远处现出裂痕
是一道持续的闪电：

冻云正在经历艰难的冰裂

带来钝响
并向更低处漂移
似乎越来越贴近……

沉睡的大地尚有浮雪
质地坚脆，无法融化

随着一次有力的震颤
滑进万物坚韧的耳鼓深处

# 春雨

事物们还从未如此
灵犀相通
打破了
彼此的界限
此时谁不是欣欣然
忘乎了所以

从万窍中
生出的感应
激荡、流溢在风里
又被吸纳
发出和鸣

合力在作用
气息在蒸腾、上升
形成蕴含丰沛的云

于是雨来了

显得如此默契
润物细至无声

# 秋

这将是一场苦恼，一场空虚
唉，我愿重回到一无所有
那时我不曾有所期待

而今它们仿佛树叶在落
从我身上往下落
而今我经历不曾有过的恐惧
而今我如同一只被人饮干的杯子

这时我想

因为你曾斟满过
你才如此空虚

# 迁徙

这迈出的第一步是谁的
是谁踩上了事物的节律

是谁在体内暗暗打拍子
令它们心照不宣有了数
令它们心有所感跟着哼

是谁在心中描绘出图景
令它们似有所悟抬起眼
令它们不约而同掉转头

那低首草丛咀嚼节拍者
把感觉传向健壮的四肢
命中注定要由它叫出口
先从它奋铁蹄跺响大地

# 风

万物皆寄托于你
把渴望托于无形

是它们之以息相吹
令你日益浑厚
并无限丰富起来

大力如神
却又运之有节
和着遥远的讯息
在众物之上喃喃拂过

而它们都似乎有所领悟
一个个对着你来的方向
虚己以待：

你方吹万而不同

# 狗

若是受到了某人暗示
它会把整张脸垂下来
宛如雨云显示出重量

它也懂得沉默

有时甚至未卜先知地忧愁起来
竟从你那里得到了验证

而你浑然未觉
仍在肆意地施加影响

但，它已经够了
明显受到了伤害
被迫摇摇晃晃地走向明亮处
把表情忧郁的脸
朝向白茫茫的辽阔的雨天

# 木

多少个世纪过去
你从坚硬的大地深处
从岩石的永恒的沉默
挺起身

从地心取来火
把文明向世人彰显

从浑噩的黑暗里
把时间领出
向其显示变化：

哦，年复一年
你围着它一圈圈旋转

你的心思日益缜密
却依旧有余地
去表现这抽象的美

# 鹰

山谷内虚
雪在谷口
漫延堆积

可见的天越来越小
越来越弯曲

那最幽深的地方
雪仍无法落进

有风自此升起
有大鹰如一片叶
从中盘旋而出
长翼压雪而至

在快要逼近
你的视觉背面时
突然折返而上

# 入定

他所信赖的地点支撑着他
而他却在持续的坠落中保持平衡
竟如蓬生麻中，不扶而直
还渐渐与周围拉开了距离

空间向他显示了存在
围绕着他
并将一再发生背叛与顺从

而后够了
如切如磋的磨炼已使他日趋迟钝
他的身体越来越硬朗
已无法再深入

终于他止住了，着迷一般
定在了万物合成的某个刻度上

世界与他相推移
但他浑然未觉
而终将唤醒他的已与他毫不相干

# 白天

白天，我易犯困
常出错，说傻话儿
白天我做不好一个事

白天井井有条
每个人都有自己的熟路儿
而我不小心就打翻了五味瓶

白天，我悬挂如蝙蝠
世界是颠倒的

白天一个庞然大物搁浅
拿自己当较量的对象

白天你把往事忘得一干二净
而我却总是想起你

# 龙潭

春已深
浓荫如盖
落花仍在堆积

没有波澜
如镜的潭面
通体静幽

在那最幽处
似乎整个向这里倾斜……

上面虬枝横生：
正卧着一架巨大的龙骨
映在最底下
一发熟眠

# 枯桐

仿佛从内部开始挣脱
高大的枝干上
叶子在落

能倾听的已越来越少
只见它的躯干一再地挺起
在已无遮挡的空间里

它还要挣脱什么
再没有什么是多余
但它似乎变得比以往都臃肿

美的形式是一定存在的
尽管还深深地埋在心里

在坚硬的黑暗的内部
在无形的奋挣里
不时铿然作金石声

# 辑　十

它的表象

曾令人错误地以为

它会这么一直地

燃烧下去——《一盏灯》

# 交换

我珍藏了一枚镜子
而你有一只没用的酒杯
不如我俩做个交换
我想，这应该是个不错的主意

因为你正年轻
面容姣好
镜子每天都能给你带来美丽
和快乐的心情

而我已经衰老
正一天天地憔悴下去
镜子对我已无用处
我就想要个酒杯
用它来唤起青春的幻想

来，跟我做个交换吧
两全其美
何乐而不为

不用担心后果

没有后果

当有一天，你也像我一样老了

不再要镜子了

你又可以找人换回来

# 劝酒

来，举起手中的杯！来，喝吧
我知道你是一个爱酒的人
就像知道一个节俭的女人爱美一样

别等着青春已逝，人老珠黄
才匆匆想起打扮自己
可惜为时已晚
花再多的钱也无济于事

来，举起手中的杯！来，喝吧
我知道你是一个爱酒的人
就像知道一个节俭的女人爱美一样

你的身体就是你节俭下的金钱
只要不一次花光
每天花一花又有何妨
说不定还有益健康
就像女人化点妆心里就高兴一样

# 水浒

乱自上作
自古皆然
造反有理

在世路不平的尽头
是一片水洼之地

在水洼的深处
有一条龙
盘绕着
正在成形

它的一鳞半爪
还散落在
社会的各处

# 松树

对，我是高耸挺立
要是来点儿风
我确实懒得理会
要是风再大些
我也会应付几下子
但很快就会恢复原位

四季轮回
花开花谢
干我啥事

我这般耸立
其实别无他意
只是到万木落尽时
反倒显得我——
与众不同
就似早有此志

# 懒树

这是一棵懒树
样子过于粗重
不肯随风摆弄
——对生活也太被动

再说到了寒冬
看似郁郁葱葱
其实不识时务
——竟也想与众不同

别听那些人瞎吹捧
说什么松柏有本性
岁寒方知它后凋零
其实根本不是那回事
而且完全不对路
只能说是个美丽的错误
因为这只是一棵懒树
——一棵货真价实的懒树

# 跑路
## ——据一位朋友讲述生平所记

我记得我总是跑
小时候，为了追一只鸟
或一只昆虫
为了得到一个想了很久的东西
我总是跑

为了不让我父亲打到
我也总是跑
到后来只要感到危险
我就拼命跑

事实是我为了什么的跑
与不让什么的跑
总是交织在一起
构成了我奔跑的节奏

直到现在，我还在跑

就这么跑，一直跑
我也不知道我还要跑多久
也许最后跑不动了
我就不跑了

# 一盏灯

在寒夜里
我拥有一盏灯

它寂然地
燃烧着
发出皎洁的光

它很稳定
不会忽明忽暗
看上去
也毫无倦意

它的表象
曾令人错误地以为
它会这么一直地
燃烧下去

但，事实上
寒夜是循环往复
没有尽头的
而它最终——
还是熄灭了

# 落下的雪

落下的雪
是平静的
安详的
但斗争一直有
而且还很激烈
越往上就越激烈

落下的雪
是不真实的
化整为零
就难免有遗失

是虚伪的
苍白的
美的故事
往往掩盖了残酷的真相

落下的雪
是麻木的
但雪时刻疼痛

落下的雪
是无声的
但雪处处呼号

落下的雪
是碎片的
但雪永远完整

落下的雪
是陈旧的
但雪永远自新

落下的雪
是有旨意的
但雪永远无心

落下的雪
是不均的
但雪永远公平

# 行脚僧

一

佛在心中
长在脚上

二

我能到哪里去
佛就是我的立锥之地

三

你走你的
你歇脚
我是你的影子

四

佛在钵盂里转悠
被我托到了千家万户

五

如果立地可成佛
我歇脚在所有人的刀锥上

六

我不计归程
距离是负的

七

你锦衣玉食
长于妇人之手
壮我行色

八

我在树下歇脚
树就和佛谈心

# 远游

是什么力量在他的心中成熟了
巍巍然升起的一幅遥远的图景
不断地趋向成熟、独立
迫使他日益远离周围的事物

这时，他觉得自己被解放了出来
于是开始重新审视自己和身边的环境
他感到他的目光所及
一切都变得陈旧、陌生
善于伪装

他甚至感到好笑：
好笑的自己
和这污浊、逼仄的空间

而今，从他的心中
以恢宏的气势展现出的辽阔景象
已把他牢牢掌握了

可他尚不自觉。他耽于想象
甘心为之驱使，被它发动
时刻准备着在任何一个远方浪掷形骸

# 忆人

我记得我们第一次相会
周围都是交谈的人群
我们执手立语很久
一点都不觉得环境嘈杂
你说的我都听见
我说的你也都懂

这么多年过去了
我仍然清晰地记得当时的情景
只是随着时间的推移
周围的人群已经逐渐模糊
变得越来越淡远
但在他们的映衬下
我们执手立语的形象
则变得越来越凸显、独立

# 假如

假如不是你在黑暗中
点亮自己
用你的心
——我还将要摸索多久

假如不是你在黑暗中
燃烧起来
用你的寂寞
——我还将要流浪多久

假如不是你在黑暗中
渐渐熄灭
用你的微笑
——我还将要悔悟多久

# 幽径

你被绷在什么的两头
隐秘的弦

我们的梦一样的感觉
踩在上面
反响深邃

还有什么域外之音
我们不曾经历过

我们在这通幽之处
经历了多少沉浮
才被你唤醒
恍若遗世而独立

才被你抛弃
有如旋律抛弃
每个正在消逝的
音符

# 辑 十 一

两岸深夜

涯涘未睹

已不辨你我——《夜逃》

# 等待

我是一张琴
被置在了静处
等待着

我等待那个
像风一样
抚过我的人

可是有人
告诉我
那只是风而已

果真如此
那我就是等待一个
像风那样
抚过我的人

# 积雪

落定的雪
不再轻盈
何谈灵动

失去风采
积多了
看也臃肿

飘飘往事
快意当时
是之前被束缚太深了

升沉的命运
已定

何必问
这始终不变的
仍是来自身心的
疼痛之感

一当你踏上

这难言的积雪

它们就

咬紧牙关

# 夜深了

夜深了
力在拉满
事物的弦

夜深了
水漫上浅滩
河蚌张开嘴

夜深了
波光粼粼
月弓牵着走

夜深了
风很轻
四野宁静
更远处
星星
一一垂下来

# 夜逃

夜水三千
我只取一瓢
来自饮

白日的政权
与我有染
过去的事了

洗耳
是对一天的清算

两岸深夜
涯涘未睹
已不辨你我

逃尧之心
江湖渐远
却不必相忘

# 瀑布

仿佛受到了自由的召唤
它沿着崎岖的山石
潺潺而来
到达这飞跃的临界点

没有停滞
一直蓄势待发
看它从上面
忽地翻转，一倾而下
把自己凭空悬起来

造成轰响

还从未如此抖落过自己
如此畅快、疼痛、喊叫
如此前赴后继
粉碎在自己的尸骨上

只有力被持续注入岩石：
沉默的空间被压缩
越来越紧密……

# 钢琴家

想不到
黑白的琴键上
竟源源飞出
淫靡之音

艺术与生活
在此苟合

而桑间濮上
岂不太落实迹
只可反衬出
群众雪亮

# 音符

一个音符跑了
它竟然挣脱了洪大的旋律

无声地跑了

没有人能确切知道
它到底去了哪里

只知道它遵循的
是一条生活的路线

# 春水

到处是喷涌的水珠
再细微的茎管
也大畅其道
看它所至之处
内部饱满，外观圆润
都臻于极致

天空垂下来
云朵更低了
野草在攀附更高的空间
多少死亡和石头
重又隐入河底

哦，春水方生

# 鸳鸯

我们力图把握的
在每个瞬间不断流失
变得陈旧
不再具有意义

它们却无须费力
就可拥有得完完整整
并在一次拥有后
获得永远

看它们如此悠闲
彼此无猜

有时飞来飞去
在此阴雨之秋
感受灵犀之力

有时浴着红衣
默然相对

把世界丢在雨外

有时又两两护着水纹
交颈而行
似乎眼看着就要撞在一起
又似乎它们对彼此的拥有
还在进行当中

# 观一尊卧佛

有如不堪重负
疲倦于自己的脊梁
这一刻，他托浮在众生之上
平稳如一艘航船
宁静如被触及的远方

他的迎向一切的面部
显示出的从容
叫人觉得
那被他断然抛弃的
就安枕在他的脑后

而在他的心中正把一切
拥向更高的存在：

那里，一幅囊括无限的图景
正从无穷远处渐近

伴之以一束光照

在每个人的心头
明亮了、清晰了

而后越过去……
直至粉碎了你和他之间
那实实在在的距离

# 大漠

这里，一切都退归为
不可毁坏的核
生生不息的是最初的元素
结构坚固，一望无垠
充满变幻之伟力

尽管它们——
那些误入歧途的事物们都已消亡
可是记忆和形式尚在
随时都会重现

浩瀚的大漠深处
天空无比幽蓝
不时地向你展现
鬼斧神工

多少岁月和往事一再上演
多少支驼队背向落日
默默地迈下山岭
陷入湖泊和草原……

# 夜量

夜的量很大
但流失也令人心惊
清醒
是减损来的

夜之涨
曾缓解我倒悬之苦
夜的点滴之失
我感同身受

这散漫的状态
只是短暂的平衡
委身于夜者
不必死于安乐

# 枯树

生意已尽，它不再婆娑
昔日的繁华摇落了
纷披之下，从溃烂的根部
开始一段风吹雨蚀的生活

如今不免越来越空洞
看那被年轮一匝匝箍起的岁月
松动了
又被释放出来
化为周遭一片春光

每天夕阳仍会抹上一层最后的辉煌
但不能再有什么表现
而它那日渐幽深的洞穴
却仿佛在暗中吸足了活力

等到了夜晚
其中隐秘难窥
不时有火起

# 辑 十 二

只有我喜欢风

而且是大风

——越大越过瘾——《杨花》

# 小松

## ——读杜荀鹤《小松》

我打小扎根在深草丛里
并很早就注意到：
自己与周围不一样

他们总是不明白
为什么我从不肯随风摇摆
每次，我都会好心解释：

我这不是故作矜持
我只是生来腰杆硬

# 老僧
## ——读杜荀鹤《山寺老僧》

老僧趿着鞋
心地里没有尘埃

他静得像猿鸟
跟每个来访的人寒暄

他眼昏齿落
向着僧众
把经书看上一遍
总不发一言

# 弹着琴的司马相如

## ——读李贺《咏怀二首》之一

司马相如弹得一手好琴
他弹来了卓文君
弹来了爱情
和家庭

现在，他坐在家里
弹走了冬天
弹来了春天
他用手抚着琴
用眼瞟着文君
谁也不知道他心里想什么
只有他自己知道
他浮思乱想的
是一个叫汉武帝的男人

司马相如弹得一手好琴
他弹来了卓文君
弹来了爱情
和家庭

# 钓鱼的老头

## ——读杜荀鹤《钓叟》

我羡慕那个钓鱼的老头
他的家住在水湾的深处
一条小船就系在竹门边

我羡慕他能养活自己
还能让他的儿孙记住这片天地

# 春闺怨
## ——读杜荀鹤《春闺怨》

娇艳的花儿
早晨还开在枝头上
到傍晚
就凋落了
把身子
匆忙地给了尘土

我不是悲花落得早
我悲的是你
花一样
无辜的身子

# 怨恨
## ——读刘得仁《贾妇怨》

自从嫁给你这商人
头都快熬白了
也没过上一天团圆日子

你就去吧
到那江海上
去不要命地追逐利润

只别把风涛
看轻得
和我一样
它可不是我
你看轻我没事的

# 惊逝

## ——读李嘉祐《闻逝者自惊》

我也知道的
死嘛
人世间的常事儿
可是吧
如今年老了
一听说熟悉的人逝去
这心里头
总不免自疑

自疑又不疑
因为——
死嘛
本就是个常事儿

# 长门怨

## ——读岑参《长门怨》

君王嫌弃我
好妒成性
把我关在长门这鬼地方

我好妒么
现在新宠又舞袖了
愁眉就给我好了

我愁起来
连走过的路都生绿苔的

没人听见我哭
我就用哭过的眼睛
默默地看着春天

# 宝剑
## ——读郭震《宝剑篇》

宝剑深埋
在古狱底下——
古狱早已犁平

只有那个本该拥有它的人
还失魂落魄地游荡
在人世上

# 离别

——读孟郊《舟中喜遇从叔简别后
寄上时从叔初擢第》

你是一片浮云
我是一片浮云
我们的心意是一样的

因为心意一样
我们暂时合在一起
现在我们又要分开了

你继续向南去
是片喜庆的云儿
我继续往北漂
是片孤单的云儿

隔着千里之遥
我把对你的呼唤
寄托在长风里
不知你是否听得到

# 杨花

## ——读吴融《杨花》诗

我不好看的
既不香喷喷
也不红艳艳

我也不静静地开在那里
等人来欣赏
我觉得那样子
真挺傻的

我喜欢开了
就自己飞
飞在晴空里
飞得漫山遍野
像雪一样
把天弄得蒙蒙的

百花们都怕风
把它们吹落

一遍遍地吹落

只有我喜欢风
而且是大风
——越大越过瘾

# 观人钓鱼

## ——读杜荀鹤《钓叟》

那个人
不打工
不上班
就坐着
钓钓鱼

世上还有他这么闲的吗

也不知
他用的
是什么
香诱饵

只见他
手一抬
就一条
手一抬
就一条

# 书怀寄友人

## ——读黄滔《书怀寄友人》

我这一生过得
就像是一盏孤寂的灯儿
一豆素心
挑挑就尽了

本就比不上顽石
却非要做什么磨砻
把自己都暗消掉了

最近常常想起个人儿来——
就是那写赋的扬雄
据说他曾看见五脏六腑
离开了自己的身体

我最近一直琢磨着
这突然被掏空的感觉
一定很美妙

# 蝶

## ——读李商隐《蝶》（孤蝶小徘徊）

那儿，飞来一只蝴蝶
在风中，在雪地里
多么恬静、孤单
那翩翩之姿，流连之态宛如

这个无声的小小的精灵
叫人看得心酸

也许它迷恋于自身的洁白
也许它本就是 一片
尚未掉落的
雪花

# 相思树

## ——读《搜神记》韩凭夫妇故事

一切都已在暗中腐朽
从内部，此后才连到这笑容
还有这身锦衣华服
它亦不动声色地徒留其表

于是等待这时刻
以便揭之于天下

看：我已然遁去
我早已了无遗痕

尔后你明白
我与之共枕的、欢笑的
都如同幻影对幻影
虚与委蛇
虚与委蛇，以便留下
等待这时刻

这时谁也抓不住我

我会像一颗种子落下来

并且长成两株树

# 辑 十 三

命运将它接纳

一卷又一卷地打开

直至一柄匕首完全裸露——《荆轲》

# 韩信

生活充满了悖论
但人无信不立

我对我自己的羞辱
使我活了下来
可类如一饭一衣之德的
却总令我难堪

那策马狂追我的人
将会迫使我流落得更远
而那想抓住我的人
却不得不把我高高捧起

我本不与任何人为伍
所以我就与哙等为伍

# 祖逖

你听到了什么，你司晨者
那最初的露水亦饱有了你的啼鸣
太阳从中悄悄升起

你的无尽的痛苦与长夜并存
但唯有你才知何时与之分手
夜色流入你的眼才不断流失

而世界亦在你的长啼中逐渐分明
最先是一个独立的形象：便是你
尔后，还在你面前横出一条大江

你大抱负者，于是踏江而逝

# 红拂

大厦将倾
我的日渐腐朽的生活
已包藏不了我

我应该走出去
走向更远处
而不是蜷缩一隅
听任命运悲啼

我觉得我的心还在拓展
迟早要暴露出来
干脆不再隐瞒

因此，并非我发现的
暗中的某个人
照见了我

而是我早已把自己
放在了明处

# 卓文君

我时常幻想，每每一个召唤
令我动荡不安
我在我的城楼上
感觉如一叶孤舟

我还感觉出生命在呼吸
将我呼出又纳入于生死之间
有一天，还会被一种洪流般的旋律
所裹挟，顷刻间便换了天地

仿佛我的心久已不堪暴虐
只待有人登高一呼

# 嵇康

向秀《思旧赋序》："嵇（嵇康）综技艺，于丝竹特妙。临当就命，顾视日影，索琴而弹之。"

没有纷扰，风是停止的
时间的弦在暗中轻微地颤动

宁静，但无须致远
我没有更多的思虑
阳光想必穿过了我的头颅
我的思维的图像清晰可见

再多的光明也无济于事
我顾见了日影
这么近，这么薄
这么精微，里面注满了变幻
又如此孤单与顽固
如此生硬地拒绝任何的企图

此时没有乌云，也没有降临
它只与凝视它的人心心相印

## 荆轲

你，大寂寞者
踏上了死亡之路
易水是何其寒
而你何其奢侈
整座宫殿阴暗下来
你即长眠于此


巍峨的坟墓


是谁铸造了你的灵魂
但有谁知道它是什么
于是你隆重地呈上去 呈上去


命运将它接纳
一卷又一卷地打开
直至一柄匕首完全裸露
在世人面前闪耀其光

# 曹植

树要长太高
风就会不断来侵扰

大海
哪天不激荡

此刻，我的心
还在告诉我：

谁若站在时代之上
他便也是——
这个模样

# 杜十娘

我对你别无所求
因我只愿对你倾诉
看我整个心在向你倾斜
还为此失去了重心


可如今倾诉又算什么


因我终不过是某件物品
要经你慷慨阔绰的手
在交易场东挪西借


我在你的心中就像在一个方方的盒子里


而我便倾倒给你看
这样你才能看到
从一只寒酸的木盒里
会倾倒出那么多珍宝
我把自己也倾倒出来
倾向那一片汪洋

# 贵妃

剥开风尘。尸骨逐级滚落
剥开。眼下风景迤逦而来
荔枝熟了

这从无边远处拾级而上者
岂不无聊至顶
谁，在万仞处迎风回望
谁，剥开层层尸布果肉泛白
皓齿一抿。妃子笑

江山依旧如画。剥落处尽露些残山剩水
徐娘宴罢。收拾起半壁风韵
指犹凉

# 李群玉

## ——读周朴《吊李群玉》

李群玉是个诗人
一个名声很大的诗人
他靠出卖诗歌
换了个官儿做做
是个校书郎的官儿

李群玉是个诗人
一个名声很大的诗人
他后来死了
死在了河对岸
谁也不知道他的魂魄去了哪里
只有一株幽兰
还不时传来
若有若无的香气

# 王嫱

我在我的心中跋山涉水
有一天，也会从画里走下来
这还不够，你知道
通往一个人的路何止漫长

于是我南辕北辙
独自走上了辽阔的土地

却不是为了给他看

而他就看到了
在他的版图中

看哪：我站立着
像一面旗帜将远方招揽
但是我倒下来
抹杀又肥沃了这片原野

# 蒲松龄

膏火自煎

环堵萧然

花弄影

聊作壁上观

我的欲望的书斋映趣盎然

玉弓挂

惊动蛇影

蜿蜒墙角生长数枝荷

有暗香浮动

妖艳异常

若有人兮壁之阿

愁情宛然

不辨眉目

状若望

俄而绕壁行

逡巡久之

似寻阶下
忽失足惊堕

急视之
地上浮光黯淡
花瓣数点而已

举首向壁
亦复寂寥
唯帘外香几新撷芙蓉一朵
吊影自深耳

# 辑 十 四

无边的夜的海里

可可的就你发出了光——《旅夜》

# 鬼火

我为黑夜而起
并只信赖于它

脱离了事物
岂不更自在

何谈闪忽不定
本来无迹可寻

看我腾挪跳跃
把虚空踩在脚下
穷尽了变幻之能

尔后，我如同一个星球
愈行愈速愈远
在夜色之中凌空旋转

如此照耀着自己
完成最后的熄灭

# 村落

入夜，月亮升上来
洒下光辉
村子一片静谧

没有灯
门窗已掩好
月光被退回
堆拥在路中央
更明亮

一堆瓦砾
把阴影掖在身后
一口废井
默默地把它吸收

那儿立着一片片土墙
又厚又重
像是村人睡梦中
丢下的疲倦的嘴唇

一条大路经过了村落：

仿佛土丘被轻轻一跃
便稳稳地伸入远方

# 城市

## 一

他穿过城市
遵循的是一只碗的不规则的裂痕

## 二

他就像一尾鱼儿
宛在碗中央

## 三

他要绕过这夕阳镶嵌的金色的碗边儿
才能找到他要找的人

## 四

他就像个铜豌豆
蹦蹦跳跳地
跳出了
坚硬的城市

五

他坐在一只碗的漩涡里
摸索
所触之处
应指而开

六

漩涡是城市的指纹
它也触摸过你
是的，它试着打开你

七

城市就像是一个不忍拆、
也拆不开的漩涡的交响曲

# 心猿

一

天似穹庐
笼盖无处不有

从心头翻起
再多的筋斗
都是没用的

却看覆手之下
白云悠悠出岫

唯无奈
才宁静
唯宁静
才致远

有多少执念
从此深情绵邈

有多少文字
出自于虚怀抱

曾记否
那中流的激荡
碰壁很实在

二

夜雨诵心经
我有斗意天知否

心猿善运意马
试看纵蹄驰飞处
两边山都化作耳边风

我的日记体游记
不拘长短
记得总是心得

举重若轻
西游，是我一个人的浪漫之旅

九九之难如连环
是我的解乏法
而西天
其实就在我的脑后

三

神爱穷游八极
想象何罪
面对天空
各有各的闹心法

背负青山
而莫之夭阏者
而后乃今将图西

压是压不住的

反弹之力送我上青云

平生的快意
即始于脑后的逆行
而我要去追求
那被我抛在无穷远处的山

# 旅夜

一

夜来了
你的眼睛里涨起了忧伤

二

有人在无根的夜上
生起了火

三

用心推开夜
以便贴近它

四

你用一盏灯
与夜平分了秋色

五

无边的夜的海里
可可的就你发出了光

六

一日一度
我与夜是露水夫妻

七

有时夜终夜不来
我品尝起相思的苦

# 即景

苕溪的水
太浅了
浅到盖不住一块鹅卵石

许多人
渔隐在此
不论寒暑

把一只只白鹭
长年暴露于外

# 阳春

到了最饱满的时候
事物们认识了自己

这时节，谁还会被束缚
被羞耻紧紧裹住欲想

天空中流光溢彩
它们拔节生长争奇斗艳
把气息播撒到风中
四处洋溢生命的热望

这时节，束缚越深的
就越奔放
这时节，越是本质的
就越懂得表现

从内心走出的狂野的马
在浩荡的泽中纵蹄驰奔

# 炎夏

凡曾放浪形骸的
都在浓荫的庇护下
各得所偿

果实内阡陌纵横
水系成网状
循环有序
喷出水雾
并向更深处渗进

细胞发出爆破的节奏
不断膨胀、分裂
又回归自身

内部受压迫
速度在减缓
越来越接近最后的坚实

完美的形式无人能料

夏季还在攀登

趋向极致

直到把事物甩至脑后

# 闺怨

一

一切都在默默酝酿
趋向于成熟的境地……

于是在深夜，你醒来
这时你环顾四周
感觉到了疼痛

你看到窗外的月
异常圆，异常亮
如一枚熟透的果实

这时，仿佛一切事物
都困于寂静，臻于极限

二

你看，窗外月胧明
寂寂然

照进来一地怅惘

不免低眉
陷入了缠绵

殊不知月光流转
影子也会渐渐变老

于是对着一面镜子
又悄悄坐下来

这时里面映出了
一个幽深的形象
仿佛受到了惊吓
显得惶恐
莫名所以

又似乎事出仓促
未及躲闪

于是孤零零
任其端详

显得疑惧
欲言又止

三

我如不断旋转、上升的飞蓬
进入了无边的荒茫之境

那儿，别无长物
是永不停息的风吹拂我
并时时指引我以新的体验

而我亦在其仍不断扩展的手掌中
日益松脱，日益虚化
仿佛身心皆已入迷

但不是坠落

（亦何曾有坠落）

倒是不时有一个牵引的力

令我感受到了

切切实实的存在

# 孤帆

水与天彼此贴近
远方越来越低暗

那天际疾云显出的变化
如电
透过茫茫水面
水伸缩起来
一层层散布讯息：

这时，风来了
踩着波涛
把一片树叶含着
把嘴巴鼓得很饱

# 雪

没有风，雪在掉

在没有风的日子
一个阴沉的黄昏
我看见雪在掉

这时，雪还很孤独
还未学会威严的统治
这时，我看见雪自我的眼前
直直地掉下

我看见簌簌的雪
甘于牺牲的雪
就如一朵朵美丽的火焰
它们像火焰一般
自高空掉落
它们像火焰一般扑地而没

# 惊鸿

你，来去悠悠者
惊起于何方
我们怎么未见你
在这里
作片刻逗留

但你确实从此瞥过
尽管早已高逝而去

连绵的雪山还在延伸
落雪无声
正不断擦拭日益缥缈的远影

而那里，碧波依旧荡漾
在中心，还有个巨大的黑影
命运已被锁定：
正不断旋转
沉向水底

# 望夫石

一

原来期待意在完美
如今她已无所亏欠
仿佛千万年只在此形式

而她独立空旷
似乎另有一番神情诉说时空

于是沉默
有如风之岩水之崖……

并且就这样望下去 望下去
她形单影只
却与最远处悄然并举

二

因为她曾试图有所依攀
以便更接近于远方

她便一千次一万次地去抓
但最后她抓到的只是她自己
而一旦她抓住了
就不由分说，高高举起

# 观鱼

溪水清浅
内部在潜流
速度惊人
但仍保持表面的平静

鱼逆流而止
仿佛久已入定
把迅疾的水流和浮物
从身边放过
把影子晒在石头上

力已被抵消
只在微微摆动的尾部
泛起涟漪

# 辑 十 五

你不远万里，从最遥远的天边赶来见我
你的身上没有尘土，神情没有疲惫
你来见我时默然无语，可是脸上分明写满了落日
划过的忧伤——《落日九首》

# 落日九首

一

再一次你把自己落向寂寞
再一次落向天边
落到了伤心之处
向我们划出真正的距离

哦，再一次你填满了我们心胸
又再一次腾脱而出弃之而去
这时我们严肃得像是正经历一个隆重的葬礼
这时我们心中充满了伟大的空虚

再一次你无须安慰，独自内敛
仿佛那遥远的渐渐熄灭的篝火

再一次内部通红，失去温度
而余光所及，那人默然起身，渐行渐没

## 二

你不远万里，从最遥远的天边赶来见我
你的身上没有尘土，神情没有疲惫
你来见我时默然无语，可是脸上分明写满了落日划
过的忧伤

你不辞劳苦，从最遥远的天边赶来见我
这样的时刻令我不由心驰神往，热泪盈眶
你的沉默令我感动，而你的身上经久不散的来自于
落日的镇静令我不断感叹命运
哦，我看见你来时，双手紧握，落日的余热尚未散
尽，而你已向我展示了永恒的距离

哦，我看见你从这人间最遥远的地方赶来见我
我看见你行驶在辽阔的大地上，你来见我时，落日
尚悬在天边，你的身后一片通红

## 三

你还站在风里向我默然示意，风把你吹得通透

风已把你吹得石头般硬朗，把落日吹得更红、更
近、更谦卑

风把落日吹入了视野，这时我们满怀忧伤，一起感
受落日沉重而镇静的生命历程。

这时落日一步步把我们灼伤，伤口通红，需要经历
整个长夜才能消退。

我看见你还站在风里，像一块顽石，被遗弃，又被
重新体认

在落日的衬托下旷日持久，日显独立

而我仍不能自拔，仍在一次次无可挽救的坠落中重
新悔悟、痛改前非

仍在落日照耀下孩子们被母亲陆续唤回、领走的生
动场景中日益孤单

## 四

那天，你告诉我，你历尽艰辛，耗此一生，末了仍
在途中眺望落日
那天，落日浑圆，静悬天际，你为这宏大的场景感
叹不已
你告诉我，一切属于伟大的事物，总是令你一再感
叹，陷于沉思

从你开始，我们行驶于大地，奔赴于旅途，无有
止息
而落日却以它恢弘的气势在天边为我们划出了伤心
的距离

哦，落日以它徐徐坠落的姿态向我们宣告旅途的
终结
哦，落日以它一尘不染的坠落向我们宣告事物的
新生

那天，你告诉我，你的生命告竭，旅途已尽，而你
对落日的渴望仍在途中延伸
那天，你告诉我，你看见落日静静地悬在天边，末
了还和你一起缓缓坠入黑暗

五

在这样的时刻，视野开阔，爽朗的风刮过苇丛
在这样的时刻，场面严肃，沉默的羊群缓缓漫过
河岸
在这样的时刻，天空已映得通红，那远处，成片的
树林在火中蔓延

鸟群再一次失去方向，羽翼捎着火，投入一片金黄
的稻田
更远处还有鸟群，飞得更高，背向落日，越过了苍
茫的群山

在这样的时刻，那人一脸风尘，迎着光，爬上了
山坡

这时落日悬在坡上，那人一身血色，从坡上平静地
挺起身

　　　六

秋风劲吹，世界落入缤纷的进程
秋风劲吹，事物们向我们告别
这时，世界如同一片叶子，感到了自身全部的重量
这时，世界如同一枚果实，尝到了作茧自缚的所有
滋味
这时，你感到秋风在吹，因为你也一样到了渴望风
的时候
这时，我们也一样到了渴望风的时候

哦，秋风劲吹，河流勒细了嗓子，鸟群攀登不断升
高的堤岸
田野里一片空旷，稻草堆积，土地不再疼痛

秋风劲吹，那人无语独立，眼见落花水流红
秋风劲吹，那人站在坡上，瘦骨独支

秋风劲吹，那人站立的山坡愈益突兀
秋风劲吹，那人背后的落日愈益浑圆

## 七

哦，你醉人的眼，向我们徐徐凝视
此刻，我们的苦难融为一体，为辽阔的大地所承载
我们的一切难言之隐受你牵引，一同坠入永恒的
黑暗

我们眼见落红委地，一片狼藉
在这齿动唇摇的时刻，早已无欲无求，甘于老朽

哦，唯有你阅尽沧桑依然保持故我
唯有你在我们万念缠身奄奄一息之时还我们以最初
的记忆
而今我们被记忆所垮，我们的经历成了沉重的负担
我们不能不在这最后的沉默中如一切风中之物委身
大地

于是我们被你遗弃在这逐渐熄灭的大地上，我们见
你缓缓坠下
而你依山而尽，有如落花，却无需承载

## 八

我们挽留不住你，所有伟大的事物，我们都挽留不住
如今我们对你的感受不仅日益深沉，而且越来越真
如今我们在风中饱含着泪向你久久凝望

而你正如一面镜子，充满静气，近在咫尺，令我们
领悟了冰凉
在你的映照下，我们的面容触手可摘，而我们的痛
已深入骨髓

哦，你划过的天波澜壮阔，你的划落令我们久久不
能平静
你从我们身上划过的印记早已与生俱来，无法磨灭

这时我们在内心所能有的深处感到了你必然而至的

坠落
我们在你散发的鸿蒙初辟般的无边气息中日益孤单
我们在你最后的穿越身心般的坠落后，在逐渐冷却
的大地上默默领受冰凉

## 九

离别吧，我们到了离别的时刻
离别吧，红日沉沦，黄土高坡上溅起漫天大尘

我们依旧无助，在被风尘吹得日益硬朗的荒原上横
陈骸骨
而我们的背影薄如刀片，正一天天切入远方
坡上大尘无始无终，落日被锤炼，天空更加浑厚

离别吧，先人们都已死去，随尘土四散飞扬
我们的呼吸沉重，我们的目光被落日压得低沉
我们的哭泣安静无声，面庞被风尘日夜打磨，泪水
从此悄然划过
而我们的背影被风卷走，如一粒粒尘沙渗入远土

# 瞽叟集

## ——纪念瞎子阿炳

一

我的孤独照亮了你
从前你是多么幽晦不明
把我丢弃在黑暗的随便某个角落

其时，我和一颗种子一样
从内心高处呼喊
哎，我呼喊了有一千年之久
然后才从中有什么开始长起来

我觉出它长势迅猛
它的根须越来越壮大（谁曾料想）
竟至把我一股脑吸纳进去
并在你的面前开出来
恰如花朵一般绽放

二

开初我并不明了
我以为我已堕落毫无希望
我在黑暗中注定无依无靠

可谁知我竟如同藤蔓
一样伸展开来
我沿着粗大的树干
不断缠绕，一路攀升

我还在升，升
哦，变得如此富于生气
蓬蓬勃勃没个尽头
如此我方敢想：
仿佛我紧紧缚住的便是你

## 三

我穿行在苦难深重的土地上
我所听闻的无数声音
如波浪一般在我身上起伏
我动荡不已
承受着风高浪涌

我还得引它们向那中心
只因它们一同发出了呼喊

而我听出来了
尔后我明白：连同我
哦，过是从你嘴边
失落的某个音符

## 四

我困守于黑暗许是很久了
我可这么坐着

长年累月坐着
仿佛一棵树等待着枯朽

唉，我的沉默任重道远
我所想望的时刻尚未到来
那时，我自然而然会去呼喊

不！我会觉得岁月
在我的指间活跃着
周围一片灿烂
我的面前将会展开一片海
我在其中机敏而又自由

哦，不是我的指尖触动了你
于是才有我如一叶孤舟
在这巨涛浪尖上放浪形骸

## 五

哎，我有一种快乐一种快乐

世界与它无关与它何干
我在我的屋子里在我的寂静里
和物什彼此熟稔
一同感受落下的尘埃

人们经过这里
并不把我指认
从不把我指认
于是我自在并且阔绰
在每个陌生的落脚点隐居起来
我独个儿欣赏我的秘密：
看那内心花朵
开了又谢，谢了又开

六

哦，不！我的身体是一堵墙
我却热切想望
想望着远方
我用手指触摸着它

哦，我想走出来
走出这堵墙
走向广阔的天地

悲乎我
看不见
走不了
我的墙
没有窗

而我会把耳朵放在手上听
我还会牵着我的视线走上黑暗的边缘

哦，我不过是等待一声呼唤
哦，来自这双手的无边的宽容

七

告诉我
我该如何唤你

如果我喊叫

你可有所听闻

唉，日复一日

我从内心涌起自己

又跌落自身

并在内心如洪水散得汪汪洋洋


我卑微如尘埃

孤独如黑夜

却浮浮沉沉

经历了若干个沧桑


尔后我的曲调无限深沉

我在其中难解难分

听它花开花谢


而你告诉我

我该如何相唤

哦，可怜我对你无知无识

如今我弹起了它

却有你我一段伤心往事
以供流连

## 八

有时，兴许是黄昏了
我在沉寂中像鱼在水中静默
唉，时间久矣
我恍然若梦
无可奈何
从我的心中竟袅袅升起了一个形象
它不断地升
而且越来越清晰
于是独立了
起身走了出去

它一定走得很远很远
最后还迷失了
它或许迷失在某个阡陌纵横的地方
走不回来了

这时，想必它懊恼并且心慌
这时，世界需要一场雪
才能联合起来
联合成一个背景：
以便它孤孤高高，易于辨认

## 九

每天我走出我的黑夜
走向苦难的白昼
我常在人们和贫穷中间驻足
由是开始了我的日常生活

哦，我别无所长
我是老且朽矣
只有我的声音支撑着我
只有我的声音动荡着这世界
只有我的声音一直响下去

知否

他们围着我倾听
他们把我的声音围成一个圈
只在这时
我觉出他们枝头攒动，花团锦簇
并且觉得自己如在花丛之中
恰如那
仍在不断拔高
不断怒放的一朵花

十

告诉你，你在黑暗中
触摸到的只是一块石

因为我是黑暗
我是黑暗中的石头
因为我和石头一样沉默

因为我和石头一样卑微并且固执
因为我和石头一样贫穷并且孤单

因为我和石头一同在黑暗中
在被你触动的一瞬间
以整个的身体
对你惊叫

### 十一

哦，月光，我恰如河床
必须承受你并任你流泻
哦，我坐在落满月光的地方
我的手搁在膝盖上

而你会流
你落满了我身上每个部位
但最是我的手
你落在上面落在手背上
落满了便顺着手指往下流
你不停流
最后我的身体也流着流着
随之流淌

从我的手指出发
你可以流得很远很远
可以流过山川流过河流
可以流到世界的另一边
然后流入某个久远的故事
最后还流进了故事里
那个一直等待
哭泣着的人的眼睛里

## 十二

哦，你在哪里
我的空间巨大得可怕
假如我问身处何方
你却不言语

你却不言语
假如我问身处何方
我的黑夜巨大得可怕
唉，你在哪里

我孤苦无依

如同荒野中

静静站立的一柱烟

我站得高高

自束而又自满

向着远方眺望


假如我站得久了

眺得久了

我还可散开

成一片朦胧

张望着

等你从中穿越


## 十三

我的庭院荒芜了

却有一棵树长得茂盛


我的眼睛荒芜了

却有一个形象长得茂盛

我的耳朵荒芜了
却有一个声音长得茂盛

我的手也荒芜了
却有一根弦长得茂盛

如果我的脑子荒芜了
还有心在跳跃

我的心也荒芜了
却有一把火长得茂盛

## 十四

从一棵高大的树上
叶子开始枯朽
在落
落得又长又累

311

接着落下了萧萧的风
还从石头上落下了水
把时间落入了视野

这世界亦然
一同加入漫长的落程
一切都在落
无缘无故地落
落着落着
最后还落下了雨

而我会独自坐在窗前倾听
听个没昼没夜
我的耳朵里会长出
绿叶鲜亮的枝丫
并且伸出了窗外
伸向那
风也萧萧，雨也萧萧

## 十五

愿你静下来
好让我看你像看一面镜子
我愿长时间坐在你面前
无言无语
无言无语
以便保持住自身

我觉出一个力在暗暗长
在你我之间
它越来越强盛
越来越逼人
仿佛是一束光
便照出了我

唉，我心苦痛

## 十六

我的耳朵如同贝壳
我居住在里面
感觉空旷而又凉爽

我可以向内走
走得越深越好
不久便可听到
海水涨落的回音

我还可走出去
走到世界的最边沿
许多湮没无闻的逸事
对我是熟之又熟
我的耳朵如同贝壳

最好我静默
不闻也不问

在被潮水推涌的岁月里
稳稳地坐在那里
感受着四面吹来的风
我的耳朵如同贝壳

## 十七

多少时辰了
我的内心一片混沌
我却无力描述，无可言语
我苦挨着时日
经历有千年万载
唉，我没有时间
没有天地山川日月星辰
我没有你
我的内心一片混沌

但是，不
因为它无限丰富
我等待，等待

等待着这时辰
这时仿佛一切都活跃起来
充满了魔力
仿佛真应了
那轻清者升，浊重者落

这时，传来天地之际的第一声响：
所有欢快、所有的雨
都落向你

# 后　记

亲爱的读者，这儿呈现在您面前的，
是我花了三十多年养育大的女儿，
时至今日——即便按照当今社会的标准，
她也已经是个正儿八经的老姑娘了。

说了您还别不信，这么多年来，
我一直只顾着潜心培育，
竟从未想过要她打扮入时，出人头地，
我也没想过她会给我带来什么利益和声誉，
或者像那些本就易于焦虑的父母，
眼看自己的女儿年纪不小，
忙不迭给她包装宣传，物色对象，
只盼着能早日顺利地推销出去。

亲爱的读者，这些我都没有想过。
不，不会的！
要说对她，我只有一个心愿，
那就是听从她的心愿。
这别无他故，就因为她是我的女儿。

我想，自古为父之心，只此一句便已足够。
更何况，我能在自己的世界里，
和我的女儿朝夕相伴，形影不离，
这已经是人世间无上的快乐，
哪里还容有什么杂念，也不该有杂念。
真所谓得乐如此，夫复何求！

如果说这是我的自私，却也未尝不可，
此外，我还有桩心事向来羞于启齿，
虽说谁的女儿谁最疼，而我却显得不够自信，
因为我总觉得我的女儿还可以变得更美。

亲爱的读者，我要向您坦白，
以减轻我多年来的罪责，
这是我一直未肯轻易对人吐露的隐痛：
就为了我心中尚未成形的美，
我不惜把女儿深锁闺中，
不许她出来抛头露面，丢人现眼。

现在，女儿的青春已误，而我也行将老迈，
不瞒您说，我确已日感力不从心。
到如今，我不得不认为女儿真的长大了，
而我已没有任何理由再留下她，
为此，我情愿拿出养老的贴己，
作为给她的一份不算丰厚的陪嫁，

但愿她能从此有个好的归宿。

不过，对于所有想要娶我女儿的人，
我这里还有一句丑话不得不预先奉告：
就是我的女儿生来有个怪脾气，
她一向自命不凡，而且刁钻古怪，
谁要跟她亲近，她就会疯得特别来劲。
您要受不了她，那还是快快趁早把她放下；
您要受得了她，就算她找了个好人家。